Doce Inspiração

Poesias Firmadas na Fé

Sandra Ribeiro

2ª Edição

Porto de Idéias Editora

São Paulo, 2014

Doce Inspiração

Poesias Firmadas na Fé

Sandra Ribeiro

Editora: Silvana Pereira

Projeto Gráfico e Capa: Ieda Yumi Assano

Dados Internacionais de Catalogação na Publicação (CIP)
(Câmara Brasileira do Livro, SP, Brasil)

Ribeiro, Sandra
Doce inspiração / Sandra Ribeiro. -- 2. ed. --
São Paulo : Porto de Idéias, 2014.

ISBN 978-85-8061-068-0

1. Poesia religiosa I. Título.

14-04390 CDD-869.9105

Índices para catálogo sistemático:

1. Poesia religiosa : Literatura brasileira
869.9105

EDITORA PORTO DE IDÉIAS LTDA.
Rua Perdões, 101 – Aclimação
São Paulo – SP – 01529.030
Tel./ Fax (11) 3884-3814
portodeideias@portodeideias.com.br
www.portodeideias.com.br
twitter.com/portodeideias

À memória de meu avô materno:
Manoel Barros de Almeida, cuja alegria era plantar a semente do Evangelho de Cristo no coração de seus filhos.

Agradeço a Deus por este privilégio concedido,
pela *Doce Inspiração* e por seu amor sem medida.

Prefácio

"Ide por todo o mundo, pregai o evangelho a toda Criatura" (Mc 15:16). Estas Palavras do Mestre Jesus não são uma questão de escolha, mas um mandamento a todos nós. Ele está às portas e não há tempo a perder, afinal, muitas almas ainda não ouviram falar do grande amor de Deus pelo homem, oferecendo seu único Filho em sacrifício por nós.

Melhor que ser abençoado por Deus, é ser uma bênção nas mãos DEle. É o caso de Sandra Ribeiro, uma guerreira de Fé, que neste momento teve um despertamento para levar a Palavra de Deus por meio de sua poesia, aliando o encantamento das palavras bem colocadas, com a Unção do Espírito Santo, tomando como exemplo o Salmista Davi, que muito nos ensina sobre o relacionamento com o Senhor e o reconhecimento de Seu poder.

Que todos nossos talentos, concedidos pelo Criador, sejam usados nesta missão, atendendo a este chamado especial. A muitos pode parecer um trabalho de formiguinha, mas juntos podemos fazer a diferença na vida de alguém.

Dr. Silas Josué de Oliveira

Pastor Presidente da Igreja Assembleia de Deus,
Ministério em Santo André.

Sumário

"Tudo quanto tem fôlego louve ao Senhor. Louvai ao Senhor!"

Salmo 150:06

Adoração*

Faltam palavras para descrever
Este momento único e fascinante.
Encontro de orquestra a percorrer
Hinos celestiais da Igreja Triunfante.

A emoção que nossa alma se apropria
Na abertura, com louvor sem igual
Regidos pelo jovem maestro, com alegria
Seu corpo totalmente entregue, afinal.

Mal recuperados deste instante,
Falta-nos o ar, qual emoção
Em cada acorde, cada nota, em elegante
Regência do maestro em adoração.

Como único corpo, músicos e instrumentos
Louvando a Deus com sincero coração,
Derramando ali teus sentimentos,
Prostrados a Deus em completa oração.

"Cidade Santa", o louvor que coroou
Este instante de Júbilo em melodia.
E cada coração a Deus O exaltou,
Unidos todos, adorando em harmonia.

* Poema inspirado durante o I Encontro de Orquestras na Igreja Assembleia de Deus em Santo André.

"Porquanto, ainda que a figueira não floresça, nem haja fruto na vide; o fruto da oliveira minta, e os campos não produzam mantimento; as ovelhas da manada sejam arrebatadas, e nos currais não haja vacas, todavia eu me alegrarei no Senhor; exultarei no Deus da minha salvação."

Habacuque 3:17-18

Adorador

Em todo tempo... Adorar
Ao Senhor em plenitude,
Depositando nele o amar,
Nosso viver e nossa virtude.

Com a lágrima a correr,
Louvando sem hesitar,
Mesmo estando a sofrer,
Oferecendo-O teu amar.

Quando sorriso invadir
Tua face e teu coração,
Teu louvor a prosseguir
Em perfeita adoração.

Na lágrima ou no sorrir,
Busque ao Senhor adorar.
Teu louvor irá subir
Como incenso ao altar.

"Todo aquele que crê que Jesus é o Cristo, é nascido de Deus; e todo aquele que ama ao que o gerou também ama ao que dele é nascido."

1 João 5:1

Adorai ao Rei dos Reis

Em Belém cantam os anjos,
Serafim e também Arcanjos.
Hosana... Hosana nas Alturas,
Resplandece a manjedoura.

Oh que noite iluminada,
Por todos fiéis aguardada,
Onde o Verbo se fez homem.
Glórias, Glórias ao Teu Nome.

Um menino vos nasceu
E um Filho se nos deu,
Chega ao mundo O Salvador.

Maravilhoso, Conselheiro,
Pai da Eternidade, Verdadeiro,
Príncipe da Paz, Rei de Amor.

"Eu vim para que tenham vida, e a tenham com abundância."

João 10:10

Alcançada

Pobre menina enganada,
Cristo morto conhecia,
Por Ele foi, um dia, alcançada.
Cristo vive... Que alegria!

Tirou-a do grande mal,
Dando eterna Salvação.
Com Teu amor sem igual
Transformou-lhe o coração.

Hoje ela cresce na graça,
De Deus recebe a unção,
Com amor Tua obra abraça,
Levando a todos Salvação.

"Mas em nada tenho a minha vida por preciosa, contanto que cumpra com alegria a minha carreira em ministério que recebi do Senhor Jesus para dar testemunho do evangelho da Graça de Deus."

Atos 20:24

Alegria em Servir

Que valor tem minha vida
Em jornada percorrida
Se com alegria não estiver?
Cumprir o ministério e carreira
Dados por Jesus, de maneira
O Evangelho a todos pregar.

Desta Graça concedida
Aos que recebem em sua vida
A Jesus, O Salvador.
Qual favor sem merecer,
Revelado em nosso ser
Pelos Divinos Atos de amor.

Que jamais falte alegria
Entre tempos, noite e dia
Anunciar o preço pago na Cruz.
Por minha vida, Oh pecador,
Resgatado em precioso valor
Por meu Amado, Jesus!

"Como o Pai me amou, também eu vos amei a vós; permanecei no meu amor."

João 15:9

Amor... Eterno Amor

Amor... Quão imensurável
Amor... Quão inesgotável
Amor... De teu Redentor
Amor... Que te salva a vida
Amor... Que te cura ferida
Amor de Jesus, O Senhor.

Amor... Que te chama pelo nome
Amor... Que da justiça tem fome
Amor... Que Os Céus faz herdar
Amor... Que renova a esperança
Amor... Que faz contigo aliança
Amor... Sobre ti a derramar

Amor... Que não muda jamais
Amor... Que alegria te traz
Amor... De Jesus, Salvador
Amor... Que te amou primeiro
Amor... Forte e verdadeiro
Amor... Que te dá grande valor

Deixe este amor te alcançar

"Porque Deus amou o mundo de tal maneira que deu o seu Filho unigênito, para que todo aquele que nele crê não pereça, mas tenha a vida eterna."

João 3:16

Amor Incomparável

Deus criou tudo perfeito
E o homem com teu jeito
Desobedeceu Ao Criador.
Por ele entrou o pecado,
Ficando de Deus separado,
Padecendo grande dor.

Deus de tal maneira o amou,
Com alto preço o resgatou
Dando O Seu Filho a morrer.
Por nosso pecado na cruz
Derramando seu sangue, Jesus,
Filho inocente a padecer.

Mas Jesus, que a tudo sofreu,
Ressuscitou e a morte venceu,
Foi Ao Pai nos preparar morada.
Aguardando o lindo instante
Em que a igreja triunfante
Subirá para a Pátria adorada.

"... porque este é para mim um vaso escolhido, para levar o meu nome diante dos gentios, e dos reis e dos filhos de Israel."

Atos 9:15

Chamado

Atender a um chamado
Feito a ti pelo Senhor...
Não se achas preparado?
Nosso Deus vê teu valor.

É O Senhor quem capacita,
Dando sabedoria e unção.
Tua obra necessita
De quem pregue a Salvação.

O pequeno é exaltado
Sobre grandes a reinar...
Basta atender ao chamado,
Nas mãos de Deus se colocar.

"Bendito o varão que confia no Senhor,
e cuja esperança é o Senhor."

Jeremias 17:7

Confiança

Entre rosas... calmaria,
Não faltando euforia,
Tranquilidade desfrutar.
Parece que tudo entrou
No eixo e o mundo parou
A fim de te alegrar.

Mas o vento impiedoso,
Autoritário e danoso
Vem roubar a tua paz.
Nesta luta concedida,
Fechando toda saída,
Maldade que ele faz.

Lance mão neste momento,
Acabando o sofrimento
Do amor em oração.
Deus renova tua esperança,
Deposite confiança,
Louvarás nova canção.

"Que darei eu ao Senhor por todos os benefícios que me tem feito? Tomarei o cálice da salvação e invocarei o nome do Senhor."

Salmos 116:12-13

Coração Agradecido

Todas as palavras do mundo,
Tudo que há em meu ser,
Em sentimento profundo
Faltam-me para agradecer.

Que darei a Ti, Senhor,
Por tudo que me tens feito?
Com Teu Imenso Amor
Tão sublime e perfeito.

Banquete me tens preparado
Na presença de meus inimigos.
Tua filha, em tudo exaltado,
Meu Pai, meu Melhor Amigo.

Em humilde gratidão,
Derramo em Teu Altar
Meu pequeno coração,
Que se preenche em te amar.

"Os sacrifícios para Deus são o espírito quebrantado; a um coração quebrantado e contrito não desprezarás, ó Deus."

Salmos 51:17

De Joelhos Dobrados

Coração contrito e joelhos dobrados
Humildemente, com olhos molhados
Alcançaremos em Ti a nossa vitória.
Elevando nossa alma Ao Senhor,
Prostando-se a Ele em temor,
Dando a Deus toda Honra e Glória.

Sobre nós dispõe Tua defesa,
O Senhor garante nossa fortaleza.
Contritos... E joelhos dobrados.
Em tudo há Tua permissão,
Protege-nos nesta comunhão,
Por Deus estamos cuidados.

Com rosto no pó a buscar
Tua face e sempre adorar
Ao Senhor com sinceridade.
Faz-se presente Tua Graça,
Teu Amor é tão grande e não passa,
Sobre nós há Tua Fidelidade.

"Em paz também me deitarei e dormirei, porque só tu, Senhor, me fazes habitar em segurança."

Salmos 4:8

Desfrutar da Paz

Que meu olhar se direcione
Somente para o altar de Deus.
Que as aflições do dia a dia
Não apaguem o sorriso de meus lábios,
Nunca desfalecendo a alegria de viver.
Que Teu Espírito Santo de Amor
Invada minha alma pequenina,
Regozijando meu coração e
Desfrutando de Tua paz.

"E nós conhecemos e cremos no amor que Deus nos tem. Deus é amor; e quem está em amor está em Deus, e Deus, nele."

1 João 4:16

Divino Amor

No centro de Tua vontade,
Oh Deus, sempre quero ficar.
Sobre Ti lançar minha ansiedade,
Em Teus braços poder descansar.

Tu tens amparado minha vida
Em cada detalhe, cuidado.
Com Tua fidelidade sem medida
Milagres em mim operado.

Mesmo que eu não mereça,
Oh Deus, não me deixe por nada.
Que eu desça, em mim que Tu cresças,
Tenho Fé que por Ti sou amada.

"Cria em mim, ó Deus, um coração puro
e renova em mim um espírito reto."

Salmos 51:10

Doce Fonte

Menina em desalento
Joga palavras ao vento,
Amargas, de baixo valor.
Não acha graça na vida,
Só vive aborrecida,
Não sabe o que é pudor.

A ela, em retribuição
Acalentamos teu coração,
Envolvendo-a com amor.
Pagando o mal com o bem,
Salvação, levando também
Mostrando o doce sabor.

Só damos com exatidão
O que vai ao coração,
Refletindo em teu falar.
Fonte doce será afinal
Em momento triunfal
Se Jesus ali morar.

"Louvai ao Senhor, invocai o seu nome, fazei conhecidos entre os povos os seus feitos."

1 Crônicas 16:8

Dois Servos

O "Ide" Jesus deu a todos
Para o Evangelho pregar.
Há servos que obedecem,
Outros querem ignorar...

Uns veem a dificuldade
Arranjando uma desculpa,
Alimentam a vaidade
Dizendo não terem culpa.

Contudo os que são tementes
Para o obstáculo dão jeito,
Vão plantando a semente
Com Jesus em cada feito.

Qual destes seremos nós
Para nos Céus entrar?
Teremos as mãos vazias
Ou almas a apresentar?

"Porque todo aquele que invocar o nome do Senhor será salvo.
Como, pois, invocarão aquele em quem não creram? E como crerão naquele de quem não ouviram? E como ouvirão, se não há quem pregue?"

Romanos 10:13-14

Eis-me Aqui

Todo aquele que invocar
O Senhor de coração,
Teu Nome com fé clamar,
Receberá A Salvação.

Porém, como invocarão
Aqueles que não O conhecem?
Perdidos, assim, estarão.
No pecado permanecem.

O Senhor nos chama agora
Para Ele apresentar.
Salvação ao mundo afora,
A todos quantos pregar.

Eis-me aqui... Envia-me a mim!

"Regozijemo-nos, alegremo-nos, e demos-lhe glória, porque vindas são as bodas do Cordeiro, e já a sua esposa se aprontou."

Apocalipse 19:7

Encontro Esperado

Glória a Deus, conheci a Verdade
E certamente Esta me libertou.
Agora tenho dos Céus a saudade,
Minha morada, para lá um dia vou.

Meu Noivo, aguardo a chegada,
Ansiosa, para em seu banquete estar.
Insisto em estar preparada
Para quando o momento chegar.

Novo nome, no Céu, eu terei,
Com alegria O Senhor a Chamar,
Face a face então o verei.

Com meu Noivo, assim, ficarei
E Jamais cansarei de louvar.
Eternamente ao teu lado estar.

"Porque tudo o que dantes foi escrito para nosso ensino foi escrito, para que, pela paciência e consolação das Escrituras, tenhamos esperança."

Romanos 15:4

Escola Dominical

Tua Palavra aprender
De forma descontraída.
Em cada lição reter,
Bússola à nossa vida.

Escola Bíblica Dominical,
Desfrutar do conhecimento
Na prática, não há igual,
Farol no escuro e alento.

Professores preparados
Em sabedoria e unção,
Por Deus capacitados
Para dar-te explicação.

Você é meu convidado
A esta escola colossal,
Teu lugar está guardado,
Verá como é especial.

"A mulher virtuosa é a coroa do seu marido..."

Provérbios 12:4

"...a mulher que teme ao Senhor, essa será louvada."

Provérbios 31:30

Esposa de Pastor

Presente, ao lado do Anjo da Igreja
Sem faltar-te em fidelidade e devoção,
Vitória a ele, em teu ministério almeja,
Ajudando-o em constante jejum e oração.

Dos fiéis, ela segue em exemplos,
Jamais lhe será permitido errar.
Observada por todos há tempos,
Fiel, estando ao esposo a honrar.

Teus filhos, por todos cobrados,
A manterem certa postura de vida.
Porém, pela igreja, são amados,
Orando por eles, em contrapartida.

Sem Nome, esta mulher preciosa
No lar prepara tranquilidade,
Para que tenha na obra preciosa,
Teu esposo, paz e serenidade.

"Não temas, porque eu sou contigo; não te assombres, porque eu sou teu Deus; eu te esforço, e te ajudo, e te sustento com a destra da minha justiça."

Isaías 41:10

Estou Contigo*

Como posso transmitir
Em palavras o sentir
De um especial momento?
Em que me encontrava perdida,
Achando não ter saída,
Mas Deus rompeu o lamento.

Levanta, Estou Contigo,
Livrando-te do perigo,
Não temas, Estou à frente!
És minha filha amada,
Tens no Céu linda morada!
Bradou Deus, aqui presente.

Alívio desceu à minh'alma
Devolvendo doce calma,
Dando paz e refrigério.
Este amor inexplicável
Jamais passa... Imutável.
Descrever? Grande Mistério.

---

* Sentir a presença de Deus em tua vida é um mistério revelado somente aos teus verdadeiros filhos.

"E viu Deus tudo quanto tinha feito, e eis que era muito bom..."

Gênesis 1:31

Esplendor da Criação

Aplausos ao Bom Deus, Criador,
Soberano, pensou em cada valor,
Criando a esplêndida natureza.
Não faltando em nada perfeição,
Atribuindo a tudo uma razão
Demonstrando Tua Grandeza.

Tua obra consagrando, enfim
Desfrutando de Teu lindo jardim
Fez o homem, Tua semelhança.
Dando ao tal a razão e o sentir,
Capacidade imensurável no agir,
Depositando real confiança.

A Deus demos nosso amor
Rendendo a Ele louvor,
Aplicando em nosso viver.
Magnitude Divina presente
Aplaudimos a Ti, veemente
Reconhecendo, assim, teu poder.

"A minha alma tem sede de Deus, do Deus vivo; quando entrarei e me apresentarei ante a face de Deus?"

Salmos 42:2

Face de Deus

Ver A Face de Deus desejo,
Sigo, lutando pelo que almejo,
Busco meus passos santificar.

Em ações, Amando a cada irmão,
Do inimigo ganhar o coração,
Pagando o mal com amar.

Meu caminho vivo em corrigir,
Perdoando a quem me ferir,
Com Jesus meu destino é vencer.

Certamente, meu Deus, O verei
Em Teu gozo, no Céu estarei.
A vitória em Cristo hei de ter.

"Cheguemo-nos com verdadeiro coração, em inteira certeza de fé, tendo o coração purificado da má consciência, e o corpo lavado com água limpa,"

Hebreus 10:22

Firmada em Cristo

A minha Fé conservar,
Seja em qualquer lugar,
Independente da situação.

Mesmo que perseguida,
Abrindo na alma ferida,
A preservo no coração.

Negar a Cristo jamais,
Mantendo atitudes reais,
Comunhão com meu Salvador.

Firmada na Fé a prosseguir,
Com alvo nos Céus atingir,
Morada Eterna de amor.

"Preciosa é à vista do Senhor a morte dos seus santos."

Salmos 116:15

Flor do Jardim de Deus*

Na aurora aprouve ao Senhor colher,
Em instantes junto a Ele reter,
Linda flor deste imenso jardim...
A guerreira estava preparada,
A Jesus, para sempre amada,
Louvará ao Eterno sem fim...

Deixando em sua vida terrena
A esperança, que não foi pequena.
Um legado de muito amor.
Esta dor que se abriu na saudade,
O Senhor cura na eternidade,
Reunindo-nos todos ao seu redor.

Ao esposo, que foi companheiro,
Grande amor, fiel e verdadeiro.
Sei que lágrimas não hão de faltar,
Mas O Deus, que é teu Terno amigo,
Estará neste instante contigo.
No sofrer Ele te irá confortar...

* Despedida a uma grande guerreira.

"E se o meu povo, que se chama pelo meu nome, se humilhar, e orar, e buscar a minha face e se converter dos seus maus caminhos, então eu ouvirei dos céus, e perdoarei os seus pecados, e sararei a sua terra."

2 Crônicas 7:14

II Crônicas 7:14

És mesmo o povo escolhido
Que se chama pelo Nome do Senhor.
Mesmo com coração sofrido,
Se humilha com grande fervor...

A face de Deus, incansável, buscar,
Dos maus caminhos se arrepender.
Sem resposta jamais ficará,
De Deus, assim, verá o poder.

Dos altos Céus, O Senhor te ouvirá,
Inclinando-se a teu clamor
Teus pecados perdoará,
Sarará tua terra com amor.

O que te falta, então,
Para ao Senhor se achegar?
Entregue teu coração,
Deixe Jesus morar.

"... Mas a mulher que teme ao Senhor, essa será louvada."

Provérbios 31:30

"... A oração feita por um justo pode muito em seus efeitos."

Tiago 5:16

Intercessoras

A noite vai, dorme o mundo
Em teu sono profundo...
Não veem a forte guerreira,
Orando de tal maneira.

Clamando por toda gente,
Mulher destemida e valente.
Levanta nos Céus a bandeira
Da fé forte e verdadeira.

Em teu ministério secreto,
Comunhão se faz por completo
Com Deus, teu melhor amigo,
Fiel e verdadeiro abrigo.

A ti queremos honrar
Guerreira de valor sem par.
Receba nossa gratidão
Do fundo do coração.

"Eis que estou à porta, e bato; se alguém ouvir a minha voz, e abrir a porta, entrarei em sua casa, e com ele cearei, e ele comigo."

Apocalipse 3:20

Jesus - A Solução

Vida vem e vai passando,
Sem Jesus a conhecer.
A esperança acabando,
Destruindo seu viver.

Segue o tempo procurando
Mil soluções a encontrar.
Nenhuma resposta achando,
Só te resta, então, chorar.

Jesus ama tua alma,
Pagando tão grande valor.
É Ele que te acalma,
Derramando em ti amor.

Jesus bate a tua porta,
No coração quer entrar.
Chega de vida morta,
Deixa o Mestre te amar!

"Mas Jesus, chamando-os para si, disse: Deixai vir a mim os pequeninos e não os impeçais, porque dos tais é o reino de Deus."

Lucas 18:16

Jesus e os Pequeninos

Ao som de intensa euforia,
Avante seguiam as crianças.
Detinham em si a esperança,
Tocados por Jesus queriam.

Deixai vir a mim os pequeninos,
Não impeçais os tais meninos,
Porque deles é o Reino de Deus,
Afinal, seus corações são meus.

Tomando-as em seus braços,
Jesus abençoou cada passo
Impondo-lhes suas mãos.

Queres tu também entrar
Lá no Céu, enfim, morar?
Como as tais seja teu coração.

"Meus filhinhos, estas coisas vos escrevo, para que não pequeis; e, se alguém pecar, temos um Advogado para com o Pai, Jesus Cristo, o justo."

1 João 2:1

Lavado e Redimido

Se disser que sou perfeito
Por pertencer ao povo eleito
Sem jamais, enfim, pecar...
Puro engano a cometer,
Outro conceito a tecer
Mudando, assim, o pensar.

Só em Jesus há perfeição
Que transforma o coração
De tão pobre pecador.
Sou lavado e redimido,
De meu caminho perdido
Encontrei bom Salvador.

Se o pecado acontecer,
Em minha vida anoitecer,
Obterei real perdão.
Em sincero arrependimento,
Evitando sofrimento
Perdoado o coração.

"Porque estou certo de que, nem a morte, nem a vida, nem os anjos, nem os principados, nem as potestades, nem o presente, nem o porvir, Nem a altura, nem a profundidade, nem alguma outra criatura nos poderá separar do amor de Deus, que está em Cristo Jesus nosso Senhor."

Romanos 8:38-39

Meu Melhor Amigo

Conversar a todo o momento,
Segredos compartilhando.
Nossa Amizade crescendo,
Contigo, oh Jesus, andando.

Meu Amigo Incomparável
Nunca está ocupado.
Em amor imensurável
Está sempre ao meu lado.

Dividir tudo Contigo
Em grande cumplicidade,
Jesus, meu Melhor Amigo,
Em pura intimidade.

Jamais quero entre tempos
Afastar-me de Meu Senhor.
Seria tremendo lamento
Viver longe de Teu Amor.

"E como pregarão, se não forem enviados? Como está escrito: Quão formosos os pés dos que anunciam o evangelho de paz; dos que anunciam coisas boas!"

Romanos 10:15

Missionário de Deus

Deixai a pátria querida
Indo ao mundo por missões,
Fiel, dedicando sua vida,
Levar Jesus aos corações.

Culturas que não conhece
Não o impedem de pregar.
A Palavra de Deus obedece,
Boas Novas a proclamar.

Quando sente saudade
De casa e de seu País,
Jesus lhe acolhe, é verdade,
Estou contigo! Lhe diz.

Os que em tua pátria permanecem
O sustem em oração.
Dele nunca se esquecem,
Mandando também o pão.

"Assim que, se alguém está em Cristo, nova criatura é; as coisas velhas já passaram; eis que tudo se fez novo."

2 Coríntios 5:17

"Sobre tudo o que se deve guardar, guarda o teu coração, porque dele procedem as saídas da vida."

Provérbios 4:23

Novo Coração

Todos quantos recebem Jesus
Passam por Novo Nascimento,
Resgatados em sofrimento
Pelo Senhor lá na Cruz.

Nova vida, Novo Coração,
Selando com Cristo Aliança,
Firmados em Fé e Esperança
Tendo com Senhor Comunhão.

Sobre tudo o que guardar
No proceder e no falar
Guarda Teu Novo Coração.

Buscando Real Santidade,
Desfrutando da fidelidade
Do Senhor em União.

"Goza a vida com a mulher que amas, todos os dias da tua vida vã, os quais Deus te deu debaixo do sol, todos os dias da tua vaidade; porque esta é a tua porção nesta vida, e no teu trabalho, que tu fizeste debaixo do sol."

Eclesiastes 9:9

O Amor Sem Fim*

Entraste na minha vida
E jubilou meu coração.
Deste-me amor sem medida
E tudo, enfim, se fez canção.

Em teus braços encontrei alegria
Para sempre, meu porto seguro.
Eu e você com Jesus em harmonia,
Você e eu, com Jesus, um só futuro.

Os verões foram tantos passados,
Mesmo homem, mesma mulher,
Nosso amor por todos lembrados
Aumentando a cada dia em ser.

Abençoado por Deus nosso leito,
Num triângulo, com Jesus a conduzir
Nosso laço de amor tão perfeito,
Não há palavras que o possa exprimir.

---

* Em ação de Graças por nossas Bodas de Prata.

"Suba a minha oração perante a tua face como incenso, e seja o levantar das minhas mãos como o sacrifício da tarde."

Salmos 141:2

Oração ao Coração de Deus

Como incenso de aroma agradável,
Subindo ao coração do Senhor
São as orações ao meu Deus Imutável
De teus filhos eleitos em amor.

Nesta íntima comunhão construída,
O Meu Deus se inclina a ouvir,
Exclamando amor sem medida,
O clamor ao Teu Trono subir.

Pedindo e voltando a agradecer,
Não cansamos de Contigo falar.
Esperança Nele há de conceber,
A vitória, vamos testemunhar.

"Obedecei a vossos pastores, e sujeitai-vos a eles; porque velam por vossas almas, como aqueles que hão de dar conta delas; para que o façam com alegria e não gemendo, porque isso não vos seria útil."

Hebreus 13:17

Pastor Amado

Gratidão ao Deus de amor
Pela vida de nosso Pastor
Que enviou a este lugar.
Por sua vida consagrada,
Fazendo a obra amada
Por seu rebanho a amar.

Gratos pelo Anjo da Igreja
Que a Santa Palavra maneja
Em fidelidade e muita unção.
Os filhos de Deus conduz,
Levando a mensagem da Cruz
Em fraternal comunhão.

Rogamos ao Mestre Divinal
Que tuas bênçãos sem igual
Continuem a lhe alcançar.
Exemplo de fé e perseverança
Mantendo em Deus confiança
Nos Céus para sempre morar.

"Por isso não sejais insensatos, mas entendei qual seja a vontade do Senhor."

Efésios 5:17

Planos de Deus

Busco em Ti a direção
Do caminho a prosseguir,
Segundo a Tua visão
É o melhor em meu agir.

Senhor, Tua autoridade
Se faça em mim valer.
Quero fazer Tua vontade
E o que bem Te parecer.

Mesmo que pareça loucura
O trajeto que ordenou,
Não colherei amargura,
Minha vitória já marcou.

Vejo uma peça somente
Do cenário já formado.
Senhor, a Ti sou temente,
Confio em Ti meu legado.

"Nesta batalha não tereis que pelejar; parai, estai em pé e vede a salvação do Senhor para convosco, ó Judá e Jerusalém. Não temais, nem vos assusteis; amanhã saí-lhes ao encontro, porque o Senhor será convosco."

2 Crônicas 20:17

Por Amor de Ti

Por amor a Cristo sou perseguida,
Levantam-se contra minha vida.
Deus é meu refúgio e fortaleza.

Por mim lutando a cada dia,
Livrando minh'alma da agonia,
Vitória garantida com certeza.

Nesta peleja não terei que pelejar,
O Senhor é o General a guerrear,
Em Teu Nome sou mais que triunfante.

Quem se levanta contra mim é para cair,
Minhas lágrimas transformam-se em sorrir,
Onde era tristeza, hoje é gozo abundante.

"... aquele que crer não se apresse."

Isaías 28:16

"Retenhamos firmes a confissão da nossa esperança; porque fiel é o que prometeu."

Hebreus 10:23

Promessas de Deus

Fez-te Deus uma promessa
Entrando no coração do amado.
Não tenha, irmão, tal pressa,
Teu tempo está preparado.

Deus Não é homem a mentir,
Nem filho do homem a se arrepender.
Tua palavra há de sempre cumprir,
A ti, a promessa, não vai esquecer.

És filho de Deus Pai generoso,
Em tudo, para ti, tem cuidado.
Fidelidade No Pai amoroso,
Vitórias a Ti têm preparado.

"Porque eu, o Senhor teu Deus, te tomo pela tua mão direita; e te digo: Não temas, eu te ajudo."

Isaías 41:13

Prova da Fé

Tantas lágrimas vertidas
Em meio às perseguições,
Provocando em ti feridas,
Grande dor e aflições...

Mas O Senhor que tudo vê
Não retém Tua compaixão,
Luta sempre por você,
Cobrindo-a com Tua mão.

Tua fé, que foi provada
Com a permissão de Deus
Vence hoje! És filha amada!
Tua vitória aconteceu.

"Em todo o tempo ama o amigo; na angústia nasce o irmão."

Provérbios 17:17

Renascer das Cinzas

Construída uma bela amizade,
Baseada em completa lealdade,
Marcando o amanhecer de certo dia...
Ligadas em eternas esperanças,
Unidas... Eram tais como crianças,
Dividindo sua dor e alegria...

Entretanto uma seta envenenada,
Insuflada por palavra mal falada,
Fez cair sobre elas o anoitecer...
Separaram, por engano, seus caminhos,
Permeado este solo entre espinhos,
Julgando a amizade perecer...

Contudo, em tempo determinado,
Sendo por Deus o momento preparado,
Tratar nas duas o perdão a tal ferida...
Esta amizade, que perecia, renasceu,
O que era cinza, por Deus se fortaleceu,
Sendo agora uma a outra tão querida!

*"Bom é o Senhor para os que se atêm,
para a alma que o busca."*

Lamentações 3:25

Resposta à Tua Busca

Grandes preocupações contigo
Povoam minhas infinitas orações,
Não se dá conta do perigo
No mundo entre assolações.

Nesta tua busca incansável,
Sentido para vida encontrar,
A falta do amor imutável,
Fazendo teu coração chorar.

Findará tua procura, entretanto,
Quando a Jesus se render.
Ele é Amor, A Resposta, é Santo.
Só com Ele poderás vencer!

"Mas agora, libertados do pecado, e feitos servos de Deus, tendes o vosso fruto para santificação, e por fim a vida eterna."

Romanos 6:22

Restauração

Clamo a Ti noite e dia,
Vejas, Senhor, minha agonia,
Vem minha alma curar.
Retirar o que não te agrada,
Fazendo-me consagrada
Para em Teu Reino estar.

Que eu volte ao primeiro amor,
Sendo Tua serva de valor,
Fiel e verdadeira ao servir.
Renovar minha fé e meu canto,
Converter-me ao Caminho Santo,
Ao Senhor não deixar de seguir.

Que eu venha a Ti me humilhar,
Tua face, cada instante buscar.
A Jesus levo minha oração,
Purifica-me de todo pecado.
Meu amor contigo esteja guardado,
Segura-me em tuas fortes mãos.

"Mas, como é santo aquele que vos chamou, sede vós também santos em toda a vossa maneira de viver..."

1 Pedro 1:15

Santidade

Prossigo a buscar santidade,
Sem a qual não verei O Senhor.
Tomo posse desta realidade,
Preenchendo o coração em amor.

Sem cessar vigiando e orando
Em processo contínuo de vida.
No caminho com Cristo moldando,
Esta meta por mim definida.

Que o Espírito Santo querido
Esquadrinhe o meu coração
E o pecado ali removido
Não impeça a minha comunhão.

"E todas estas bênçãos virão sobre ti e te alcançarão, quando ouvires a voz do Senhor teu Deus..."

Deuteronômio 28:2

Ser Abençoada

Que culpa tenho eu se as bênçãos de Deus sempre me alcançam? Só me resta ser feliz, muito feliz.

"Seja bendito o teu manancial, e alegra-te com a mulher da tua mocidade."

Provérbios 5:18

Sonho de Amor*

Feliz o dia que cruzou nossa virtude,
Ligando para sempre o coração.
E O Senhor, em toda Magnitude,
Abençoou com muito amor esta união.

Um ao outro fomos preparados,
Em cada primavera a se moldar.
Nesta junção perfeita e ligados,
Em todo tempo a se completar.

Por Deus fortalecida a aliança,
Confirmando este amor a cada dia,
Estando Nele nossa real confiança.

Outrora solidão... Hoje alegria.
Firmados no Senhor nossa esperança,
Unidos o sonhar em Harmonia.

---

* Homenagem aos nossos 26 anos de união, fev. 2012.

"E ouviu Deus a voz do menino, e bradou o anjo de Deus a Agar desde os céus, e disse-lhe: Que tens, Agar? Não temas, porque Deus ouviu a voz do menino desde o lugar onde está."

Gênesis 21:17

"Lançando sobre Ele toda a vossa ansiedade, porque Ele tem cuidado de vós."

1 Pedro 5:7

Sou Teu Milagre

Perdida em meio ao deserto,
Cruzando caminho incerto,
Peregrina neste prantear.
Ali não me havia saída...
O fim para vida sofrida...
Esperando a Morte chegar...

Mas dos Céus ouviu-se um brado,
Meu Deus, Senhor tão amado,
Puxou-me ao Teu Terno redil.
Esperança, enfim renovou...
Milagre em mim operou...
Meus olhos da Fé Ele abriu.

Teu amor, forte e verdadeiro,
Na angústia foi fiel companheiro,
Sem igual, não me abandonou.
Meu Senhor, Meu Pai e Amigo,
Em Teus braços encontrei o abrigo,
Eu Te amo e Ele sempre me amou!

"Louvarei ao Senhor durante a minha vida; cantarei louvores ao meu Deus enquanto eu viver"

Salmos 146:2

Te Louvarei

Nascer do sol cada dia
Entre chuvas em demasia.
Com risos a nos florir,
Nas tribulações a surgir,
Te Louvarei.

Passando por humilhação,
Ressurgindo a exaltação.
Em defender a verdade,
No deparar com a maldade,
Te Louvarei.

Entre as pedras do caminho,
Colhendo rosas ou espinhos.
Padecendo grande dor,
Celebrando a vida em amor.
Por ter sido escolhida,
Te Louvarei sem medida,
Te Louvarei Meu Senhor.

"Tudo tem o seu tempo determinado, e há tempo para todo o propósito debaixo do céu."

Eclesiastes 3:1

Tempo de Deus

Horas que vêm... Horas que vão...
Em tudo queres saber a razão,
Ventos e tempos do que acontecer...

Por que não foi ou um dia será?
Por que não tem ou um dia terá?
Quando o que pedes irá receber?

Tempo de Deus, assim determinado.
Tudo para Ele tem dia marcado,
Basta a ti saber compreender...

O tempo de Deus não é o nosso,
No que fortalece, Neste tudo posso,
Esperar em tempo poder receber.

Um dia para Deus é como mil anos,
Mil anos para Deus é como um dia.
Espere em Deus e terás alegria.

"Grandes coisas fez o Senhor por nós,
e por isso, estamos alegres."

Salmos 126:3

Tempo de Ser Feliz...
Teu Aniversário

Especial tornou-se o dia
Como uma linda poesia
Por ser teu aniversário.
O presente nós o ganhamos,
Pois ao teu lado estamos,
Felicidade... És voluntário.

Que as bênçãos de Deus te abracem
E as boas surpresas te enlacem.
Tenha em ti grande avivamento,
Que Deus teus passos ilumine
Em vitórias teus dias culmine
Não faltando a ti o talento.

Que possa dizer neste dia
Em forma de linda melodia,
Tudo o que é bom consagrou.
Deus tem o infinito marcado,
Vitória a ti tens preparado.
Até aqui O Senhor o ajudou!

Feliz aniversário com Cristo!

"Pode uma mulher esquecer-se tanto do filho que cria, que não se compadeça dele, do filho do seu ventre? Mas ainda que esta se esquecesse, eu, todavia, não me esquecerei de ti."

Isaías 49:15

Tempo de Vitória

Filho meu, padeces perseguições,
Sofrendo afrontas e assolações,
Ferem teu coração sem piedade.
Lutam contra tua vida,
Abrindo grande ferida,
Vítima de imensa maldade.

Mas sou Deus que tudo vê,
Jamais esqueci de você,
A ti Me levanto em defesa.
Exalto-te, meu filho, de amor
Dando-te imenso valor,
A muitos será uma surpresa.

Sobre príncipes te porei a reinar,
Tuas feridas Estou a curar,
Derramando-te minha unção.
Tua alegria hoje vai florescer,
Estou contigo, todos vão perceber.
Sou O Deus que fala em teu coração.

"Pelo que, também Deus o exaltou soberanamente, e lhe deu um nome que é sobre todo o nome;

Para que ao nome de Jesus se dobre todo o joelho dos que estão nos céus, e na terra, e debaixo da terra,

E toda a língua confesse que Jesus Cristo é o Senhor, para glória de Deus Pai."

Filipenses 2:9-11

Teu Nome

Teu Nome
Refletido em minha vida,
Neste amor tão sem medida,
Vem de Ti ao coração.

Teu Nome
Cura todas as feridas,
Desta alma mui ferida,
Meu amparo na aflição.

Teu Nome
Em plena luta dá vitória,
Revelando a Tua Glória,
Dando paz e proteção.

Teu Nome
Meu Jesus, Santo e Senhor,
À minh'alma deu valor,
Dando plena Salvação.

"Porventura andarão dois juntos, se não estiverem de acordo?"

Amós 3:3

"Oh! Quão bom e quão suave é que os irmãos vivam em união."

Salmos 133:1

União

Como andarão dois irmãos
Se não estiverem em união
Ligados em um pensamento?
Um ao outro irá chocar,
Confusão vai provocar
Gerando dor e sofrimento.

Quando há disposição,
Tendo fé e oração,
Jesus liga o entendimento.
Trabalhando com amor,
Sendo servo de valor,
Unindo o temperamento.

Agradável é ao Senhor,
Não faltando esplendor,
A união entre os irmãos.
Tua benção a derramar,
Não dá nem para imaginar
O que juntos realizarão.

"De sorte que, se alguém se purificar destas coisas, será vaso para honra, santificado e idôneo para uso do Senhor, e preparado para toda a boa obra."

2 Timóteo 2:21

Vaso de Honra

Enchei-me de Teu Espírito de Amor,
Purifica este pequeno coração,
Faz-me em Ti Tua filha de valor,
Revestida, para Tua obra, de unção.

Como Teu vaso de honra servir,
Imperando em mim Teu querer,
Em Teus braços de amor residir,
Prontidão e sempre Te obedecer.

Moldando-me em Tua vontade,
Buscando em Ti Santidade
Refletida em meu proceder.

Ser Teu vaso de barro a conter,
O Teu tesouro verdadeiro e real,
Teu Espírito Santo de Amor, afinal.

"Mas em todas estas coisas somos mais do que vencedores, por aquele que nos amou."

Romanos 8:37

Vencedora em Cristo

Um sofrer de muitos dias
Que assolava o coração,
Meu Deus, num simples ato,
Tirou-me com sua mão.

Chorava... Tamanha agonia,
Quando a lágrima caiu,
Deus transformou em alegria
Meu sofrimento partiu.

Lembrou-se Deus desta amada,
Por minh'alma fez justiça,
Em meu coração fez pousada,
Vencendo por mim nesta liça.

No mundo terei aflição,
Mas Deus está sempre comigo,
Dando ânimo e disposição,
Nele encontro meu abrigo.

"Esperei com paciência no Senhor, e ele se inclinou para mim, e ouviu o meu clamor."

Salmos 40:1

Vitória

Guerra travada... Em fogo provada,
Vencendo constante, sem vacilar.
Na Fé em Jesus, com certeza guardada,
Dele vem minha força, consolo sem par.

Cada lágrima colhida, como doce oração
Apresentada ao Senhor, em aroma agradável,
A vitória chegando, como celestial redenção.
Pois sou filha do Rei, Oh meu Pai Adorável.

De vitória em vitória sigo eu lutando,
Crescendo com Cristo em íntima comunhão,
Com Ele guiando, venço eu cantando.

Clamei ao Senhor de todo meu coração,
Em todo momento não fico desamparada,
Pois meu Deus é comigo, sua filha amada.

"Mas graças a Deus que nos dá a vitória por nosso Senhor Jesus Cristo."

1 Coríntios 15:57

Voar Sobre as Lutas

Relâmpagos e tempestade
Alterando a realidade
Fazem o dia anoitecer.
Nuvens se derramando,
A alegria vai minando,
Trevas, pois, a oferecer.

Mas o justo confiante
Em Cristo é triunfante,
Sobre as lutas a voar!
Detendo a esperança
Em perfeita aliança
De amor a esperar.

Vitória enxerga além,
Sob teus pés mantém
Esta luta temporal.
Como águia contemplar
Acima de terra e mar
Dissipando o vendaval.

"E não vos conformeis com este mundo, mas transformai-vos pela renovação do vosso entendimento, para que experimenteis qual seja a boa, agradável, e perfeita vontade de Deus."

Romanos 12:2

Vontade de Deus

Amar a Deus, O Senhor,
Com toda sinceridade.
Derramando meu amor
Moldado em Humildade.

Servir a Deus, O Senhor,
Com inteira devoção.
Sendo servo de valor
Em zelo e dedicação.

Adorar a Deus, O Senhor,
Magnificado, Poderoso e Santo.
Rendendo a Ele louvor,
Glórias a Deus, meu canto.

Amar, servir, adorar...
Receita de intimidade.
Junto de Deus andar
No Centro de Tua Vontade.

"Voz do que clama no deserto: Preparai o caminho do Senhor, Endireitai as suas veredas."

Marcos 1:3

Voz do que Clama

Em meio ao deserto clama a voz
E anuncia a chegada do Rei entre nós,
Erguendo a bandeira sem nada temer.

O caminho prepara Ao Pastor Divino,
Sabendo qual será o Teu destino
Em tua jornada mesmo estando a sofrer.

Batiza com água lavando os pecados,
Mas fala do Outro com Fogo esperado,
Promessa a todo aquele que crer.

Não sendo digno das sandálias atar,
Concedido momento deste contemplar,
O Amor De Deus sobre o Filho a descer.

Porto de Idéias EDITORA

www.portodeideias.com.br